鸡窝里的盗窃案

[法]克里斯蒂安·格勒尼耶 著

张昕 译

电子工业出版社

Publishing House of Electronics Industry

北京·BEIJING

Panique au poulailler !
© RAGEOT-EDITEUR Paris, 2019
Author: Christian Grenier
All rights reserved.
Text translated into Simplified Chinese © Publishing House of Electronics Industry Co., Ltd, 2022

本书中文简体版专有出版权由RAGEOT EDITEUR通过Peony Literary Agency Limited授予电子工业出版社，未经许可，不得以任何方式复制或抄袭本书的任何部分。

版权贸易合同登记号　图字：01-2021-5007

图书在版编目（CIP）数据

鸡窝里的盗窃案 /（法）克里斯蒂安·格勒尼耶著；张昕译. --北京：电子工业出版社，2022.1
（侦探猫系列）
ISBN 978-7-121-42292-8

Ⅰ.①鸡… Ⅱ.①克… ②张… Ⅲ.①儿童小说-长篇小说-法国-现代　Ⅳ.①I565.84

中国版本图书馆CIP数据核字（2021）第227905号

责任编辑：吕姝琪　文字编辑：范丽鹏
印　　刷：北京天宇星印刷厂
装　　订：北京天宇星印刷厂
出版发行：电子工业出版社
　　　　　北京市海淀区万寿路173信箱　邮编：100036
开　　本：787×1092　1/32　印张：19.625　字数：258.2千字
版　　次：2022年1月第1版
印　　次：2023年4月第6次印刷
定　　价：140.00元（全7册）

凡所购买电子工业出版社图书有缺损问题，请向购买书店调换。若书店售缺，请与本社发行部联系，联系及邮购电话：（010）88254888，88258888。
质量投诉请发邮件至zlts@phei.com.cn，盗版侵权举报请发邮件至dbqq@phei.com.cn。
本书咨询联系方式：（010）88254161转1862，fanlp@phei.com.cn。

母鸡罢工啦！

我一动不动地坐着。周围的一切都飞快地往后退，飕飕的风刮过我的胡子。

啊哈，你猜对了——金发的乐乐把我放在了她的自行车前筐里。

红发的贝贝骑着车跟在我们后面。她大声说："终于放假啦！"

"自行车万岁！"

路程很短，只要穿过树林，就能看到旁边那座农场了。一只拴在小木桩上的山羊很友好地朝我们打招呼："咩——"不过，它看起来有点儿傻乎乎的。

双胞胎姐妹骑到农场院子里，从自行车上跳了下来。

看到她们俩来了，一个男孩（他是小蒂波）赶紧放下手里装满了牛奶的桶，热情地朝她们大喊："乐乐、贝贝！你们好啊！已经放假了吗？"

"昨天开始放的！"乐乐回答说。

"我们的爸爸妈妈今天早上就回去了。"贝贝接着说。

"我们要在热尔曼家过暑假！"

热尔曼是小蒂波的邻居，他就住在农场

旁边。他是一名退休的警察，也是双胞胎姐妹的父母（麦克斯和罗洁丝）的老朋友。在她们俩眼里，热尔曼是慈祥的爷爷。

我轻轻地跳到了地上。

这么多新鲜的气味！有稻草、肥料、青草地、家禽……还有狗。

"汪！你好哇，赫尔克里！"布鲁图斯对我说。

他还用粗糙的厚舌头使劲儿舔我的脸。

恶心？才没有呢！布鲁图斯是我的第一个朋友，我是在他的怀里长大的。没错，我就出生在这儿——佩里戈尔乡村的一座农场里。

乐乐对小蒂波说："我们想买两棵生菜、一棵白菜、一块山羊奶酪，还有一罐自制果酱。"

每到假期,小蒂波都会帮他妈妈干活儿。他的爸爸去世了,妈妈身体也不好。每个周六,他会把农产品带到乡村集市上去卖。

"再加上一打鸡蛋,"贝贝补充说,"它们做成溏心蛋真是太好吃了!"

"这很正常。我的鸡蛋都是纯天然的绿色食品。"

他的鸡蛋?真会自吹自擂呀!哪个鸡蛋是他生的呢?!

"热尔曼跟我们说,你新养了许多母鸡。"乐乐问道。

"三十几只呢。你们来看!"

我一路小跑,紧跟在他们仨后面,布鲁图斯慢吞吞地跟在我后面。

哇!大树林和菜地中间的一片草地被铁

丝网围了起来，花花绿绿的母鸡们正在捉虫吃。一只公鸡严肃地盯着它们，它的脚下踩着一堆东西，有干巴巴的菜叶、烂熟的水果，甚至还有一些牡蛎壳。

"我还搭了个鸡窝呢！"

说得没错。围栏旁边果然有一座木板房。

小蒂波打开了铁丝网围栏的门。

"你不让这些母鸡到处跑吗？"贝贝问。

"那可不行，我们离树林太近了。到了晚上，许多野生动物都会被母鸡吸引过来的。再说，它们胆子很小。最近，它们下的蛋越来越少了。走吧，进去看看！"

呃，这里实在太暗了，而且非常臭！到处都是沾满鸡屎的栖息架、填满稻草的鸡窝……以及鸡蛋！小蒂波把它们都捡了起来。

"唉，只有7个！昨天还有13个呢。上个月，每天都有30个！你们要一打对吧？"

"嗯。"贝贝点点头说，"我们打算做个蛋糕。"

小蒂波看起来很为难。

"我得留一些鸡蛋去集市上卖。你们能去'前进'买吗？"

"宣传口号是'前进鸡蛋棒棒哒'的那个大农场吗？"乐乐大声说，"我们才不去呢！"

"工业化养殖，批量化生产，对吧？"贝贝接着说，"那种鸡蛋太难吃了！"

"那你们就明天再来吧。先拿上这7个鸡蛋，它们还热乎着呢。"

热乎？他说得不对，它们是温乎的，我刚才摸了其中一个。

"赫尔克里!"贝贝生气地说,"你怎么跑进来了?"

欸?因为没人禁止我进来呀!

无所谓啦。我转身离开了鸡窝,迎面碰上了那只公鸡!我的鼻尖差点儿撞到它的尖嘴上!

它拍打着翅膀,低下脑袋,用鸡冠对着我……呃,冷静点儿,小公鸡,我对你的母鸡没兴趣!

"'国王',别生气!"小蒂波大叫起来,"这是赫尔克里!"

真可笑,它还是个"国王"呢。它火红的"王冠"气得直哆嗦。

我正准备好好跟它讲一番道理,有人伸手抓住了我的后颈皮——小蒂波把我扔到铁丝网围栏外面去了!

我稳稳地四脚着地,落在了布鲁图斯跟前,他正在看守围栏入口。

围栏里的"国王"站在肥料堆上,一脸挑衅地瞅着我。

它像个得胜者那样冲我大叫:"喔喔喔——"

周围的母鸡都对它表示支持,傻乎乎地咯咯叫个不停。

哼,我瞧不起所有长羽毛的动物。再说,在我眼里,母鸡算是最没用的家禽了,它们白长了一对翅膀,却根本飞不起来!

夜间"散步"

我趴在客厅的沙发上,眯缝着眼睛。我听见热尔曼正在二楼的卧室里打呼噜。

双胞胎姐妹没有打呼噜。不过,她们也在睡觉,因为现在已经凌晨两点了……

我悄悄地溜到了阳光房,这里的玻璃门总是开着一道缝。我来到了花园里。

我爱夜晚!

周围一片寂静,我能听见最细微的声音。我在黑暗里也能看得很清楚,所以,到了出去玩的时候啦!

去哪儿呢?当然是小蒂波家的鸡窝了。到底是什么原因吓得那群母鸡生不出蛋呢?我要查清楚!

我进了树林。

我喜欢走捷径,所以,我在灌木丛之间跳来跳去。

有一头公野猪带着自己的母野猪和一群猪崽,从不远的地方经过。

更远一些的地方,一只黄鼠狼放了个臭屁,它肯定被什么东西吓着了。

我小心翼翼地前进。我可不想遇上狐狸或者獾!獾最可怕了,它们体形巨大,专门在夜间活动，爪子长得吓人，还有34颗牙！

有时候，猫头鹰会盯着我，它发出尖厉的叫声，像是一种警报。不过，我倒是觉得这种叫声很酷！

我来到了农场，发现面前有两个障碍。

首先是布鲁图斯。他正在窝里睡觉——没错，他没有围栏了，母鸡把他的地盘给占了。跟热尔曼一样，他也在打呼噜。这可不太好，要是现在有什么东西突然闯进来，他恐怕报不了警。算了，我也不敢去把他叫醒。

第二个障碍，就是铁丝网围栏。

围栏的门上挂着链锁。要想把它打开，我需要钥匙，再加上10根手指。我只是一只猫，这些我都没有。

没关系，我绕着围栏走，来到了树林边缘。

我的鼻尖贴着地面，仔细地搜寻狐狸的踪迹。

没有狐狸。

也没有貂。

更没有黄鼠狼。

不过，我倒是迎面遇上了一棵大橡树。

它的枝杈向外伸展，长过了围栏上方，一直伸到了鸡窝的屋顶上。从这里进去怎么样？

真是个好主意！

我伸出爪子，攀上了最近的树枝，稳稳地落在了木头屋顶上。

咯咯哒？

咯咯哒！

咯咯哒！！！

虽说母鸡飞不起来，但它们的耳朵倒是挺灵的。我被发现了。我刚跳到地上就被一个"吸血鬼"袭击了！呃，就是名叫"国王"的大公鸡！真是太糟了！

它翅膀往后背，朝我直冲过来，用它的尖爪威胁我。

我用最快的速度逃跑，它居然追了上来！

幸好，我跑得比它快得多。

跑到围栏尽头，我突然急转弯，朝小木屋跑去。

我冲进母鸡群里，引发了一阵恐慌。场面真是精彩！它们吓得咯咯乱叫，不停地抖毛，你挤我，我撞你，都想飞快地逃出鸡窝。

我从一个稻草窝跳到另一个稻草窝，仔细地数着里面的鸡蛋：9、10……15、16……

总共18个鸡蛋！小蒂波肯定会很高兴的。

我离开小木屋，瞧见"国王"正把母鸡们聚集在一起。啊，糟糕，开始下雨了……

我赶紧用最快的速度奔向橡树树枝。"国王"让湿漉漉的母鸡们回到了它的"木头城堡"。

冒着大雨回热尔曼家？没门。

咦，布鲁图斯不见了吗？正好！我可以趁机去他的狗窝里躲雨。

"汪！不行，这里已经有人了！"

"是我！赫尔克里！你能跟我挤挤吗？"

我钻到了他的两只前爪中间，就像以前一样。

他没有反对。他把湿漉漉的大鼻子放在了我的脑袋上，立刻又睡着了。

很好。我既有地方躲雨，又觉得非常安全。

只可惜，我整晚都没合眼，布鲁图斯一直在打呼噜！

鸡蛋哪儿去了？

"赫尔克里！原来你在这儿啊！"

"我们总算找到你了！"

有人伸手把我从狗窝里提了出来。

双胞胎姐妹松了口气，不停地抚摸我。我在她们俩手里传来传去……这感觉不错。

"乐乐、贝贝，你们好！"小蒂波跑过来跟她们打招呼。

"我们来拿做蛋糕用的鸡蛋啦！"贝贝笑着说。

双胞胎姐妹跟着他去了小木屋。我留在铁丝网围栏外面，因为小蒂波刚才给鸡群撒了一把吃的，现在公鸡"国王"正紧盯着地上的每一粒谷子、葵花子和玉米粒。

母鸡们踩着围栏里的鸡屎和肥料，在地上啄来啄去。

我绝不会接触这么脏的东西……

"只有10个鸡蛋！"小蒂波走出小木屋，不开心地说。

10个？！这不可能！就在天亮之前，我明明数出了18个呢。

"你确定母鸡不会吃自己的蛋吗？"贝贝问。

"不会的，它们不缺钙！"小蒂波指了指地上的牡蛎壳说，"照我看，它们是被吓到了。"

三个人一起看向我。

行吧。昨天晚上，我的确制造了一丁点儿恐慌。可是，鸡蛋绝不会因此消失啊！

"乐乐、贝贝，你们能帮我抓住'国王'吗？我得给它套上脚环。"

双胞胎姐妹把"国王"堵在了角落里，带着它走出了围栏。

围栏门没有关，于是，我溜了进去。那些蠢母鸡！它们居然没想到要从这里逃走！

我的脚到底还是弄脏了！我一路小跑到小木屋跟前，寻找着脚印或其他痕迹。门口有十几个脚印。那三个人走来走去，把痕迹全都弄乱了……

等等！那边有一些小号的鞋印。

应该是32号或者33号。

这太奇怪了。双胞胎姐妹都穿38号的鞋，小蒂波也一样，他妈妈的鞋码还要更大。

嗯，这下我可以对这桩"悬案"做出初步判断了：有人趁我在狗窝里睡觉的时候，偷偷地溜进了铁丝网围栏。我什么动静都没听见。

可是，小偷只为了偷走8个鸡蛋吗？这也太不值钱了吧！

小蒂波回来了。他腋下夹着那只公鸡，手里拿着一把锁。

"好主意！"贝贝表示赞同。

看来，他也怀疑有人来偷鸡蛋。

"国王"被放回了围栏，它立刻表示抗议。只见它表现出一副被冒犯了的样子，昂首挺胸地站在肥料堆上，不停地晃着一只爪子，爪子上面套着一个环。

我亲眼看到小蒂波用钥匙锁上了鸡窝的

门，这才跳到小木屋顶上，离开了铁丝网围栏。

我回到双胞胎姐妹的自行车跟前，接着，用最快的速度从她们身边跑了过去。

"赫尔克里！等等我们！我们要去树林里散步呢！"

没门儿。我要第一个回家去。

因为我已经饿得前胸贴后背了，就连肉垫都好像饿瘪了！（猫的肉垫相当于人类的脚跟，它们柔软又有弹性，手感跟橡胶差不多。）我要赶紧回到食盆跟前，好好地吃一顿猫粮！

铁丝网底下的洞

"哎呀，赫尔克里，你饿坏了呀！"热尔曼说，"欸？吃完就走？真没良心！"

才不是呢。既然这位退休警察和双胞胎姐妹都要去散步，那我只好自己去继续调查了。

我回到农场，布鲁图斯摇着尾巴迎接我。我用自己的尾巴尖轻轻地扫了一下他的鼻子。这个动作的意思是:"你要来吗?"

他很感兴趣地跟着我来到了围栏边。

"赫尔克里,你要找什么?"

"偷蛋贼!"

"哦……那你跟我来。"

他带我来到了菜地这边,用爪子刨了刨铁丝网下面的土。

没错。有人在这儿挖出了一个洞!足够一只狐狸钻过去了。貂也可以。

我闻了闻地面,什么也没闻到……除了人类的气味!

而且,这个气味是最近留下的。这里也有鞋印,跟我一小时以前发现的鞋印一模一样!看起来是很重的鞋子留下的。

还有,这个洞的边缘非常整齐,是用铁

锹挖的吗？

布鲁图斯沿着两行生菜中间的小路往前走。他让我继续跟上。好的，走着！

我们来到了树林里。这里有一条小道，根据气味判断，这是野猪留下的。

又走了大约1000米，布鲁图斯在苔藓上的粪便前停住了。他转头看着我。

"你要不要来闻闻？"

我也凑上去闻了一下。

"显然，有只狐狸从这儿经过。"

"一只母狐狸，"布鲁图斯说，"而且就在昨天。"

布鲁图斯的嗅觉出类拔萃，比我好得多。这很正常，因为他是一只松露嗅探犬。小蒂波专门训练他去寻找松露。松露是一种黑色的菌类，能卖出非常高的价钱。

"赫尔克里，这是一条不错的线索，对吧？"

确实如此。不过，我认为一只母狐狸不可能用铁锹挖出一个洞，更不可能只偷鸡蛋不吃母鸡。

深夜监视

天刚黑下来,我和布鲁图斯就藏在了菜地里,监视着铁丝网,以及那个洞。

我们一直守到半夜,什么肉食动物都没来。布鲁图斯已经睡着了!

他的呼噜声吵醒了一只猫头鹰,它发出了抗议声:"呜——呜——"

我等得实在太累了,于是也放弃了监视,

回到了那条"狐狸小路"上。风迎面吹来，我蹑手蹑脚地沿着踪迹往前走。气味越来越强烈，我明白它的意思：*私人地盘，勿扰！*

正在这时，我发现了一群躲在地洞里的小狐狸！

它们大约两三个月大，正在用四个爪子和牙齿假装打架，玩闹得十分开心。

绝对不要打扰它们。我紧盯着它们的动静，一步步地往后退。突然，我感到身后有什么东西。

我回过头——是小狐狸的妈妈！

它凶狠地盯着我，张开大嘴，露出了尖利的牙齿。

"呃……夫人，不好意思，我只是路过！"

我往旁边一跳，撒腿就跑。

这只母狐狸居然很记仇，它紧追着我不放！

我已经能看到菜地了。我缩成一团，躲进了布鲁图斯的两只前爪中间，甚至都没把他吵醒！

母狐狸在树林边上停住了。

它很害怕这片空旷地带。

它闻到布鲁图斯的气味了吗？

不对。吸引它的是另一种气味，能引起食欲的气味——母鸡的气味！

这气味让它觉得饿了。它肯定想到了自己的幼崽们。来一顿豪华鸡肉大餐，真是太棒了！

是我把它引到这儿来的！

它发现了那个洞,凑了上去,嗅了嗅。

它先是冒险把脑袋探了进去,接着是整个身体……

它钻进空空的围场,一边注意观察着周围的动静,一边朝小木屋走去。它轻手轻脚地穿过了整个围场!

怎么办?我就要成为一场大屠杀的罪魁祸首了……

"喔喔——喔喔喔——"

"国王"冲了出来,它身后跟着一群惊惶失措、四处乱窜的母鸡。

简直难以置信!"国王"朝敌人猛冲过去,拍打着翅膀,尖嘴向前猛啄。我要对它脱帽致敬——如果我有帽子的话。

母狐狸抬起一只前脚,犹豫了一会儿,慢慢地往后退去。它跑向了那个洞,接着,它跑过菜地,快速消失在了树林里。

"臭狐狸!看你再敢来!"

小蒂波站在菜地里,手里拿着一根棍子。

所以,其实是他吓跑了母狐狸。那只公鸡倒是表现出一副自己大获全胜的样子。

小蒂波正在检查铁丝网底下的洞,母鸡们却再次骚动起来。

小木屋那边又出什么事了？我看了过去，敏锐地发现屋顶上有个黑影。

是动物吗？

不，这个黑影很大，而且似乎有胳膊，还有两条腿。

很快，那个黑影消失在了树叶之间。

"已经没有危险了，小母鸡们！"

小蒂波什么都没发现。

他用一块木板把那个洞堵上了。接着，他命令道："乖乖，去睡觉吧！嘟嘟，安静点儿！"

真是难以置信，小蒂波居然给每只母鸡都起了名字。他怎么认得出它们谁是谁啊？！

有了那块木板，我不可能从洞里钻出去追那个黑影了！

突然,又有一个声音问道:

"唔……发生什么事了?怎么这么吵?"

瞧瞧,"看门狗先生"总算醒了,来找我们了。

"我明天再跟你解释吧,布鲁图斯……走,回去睡觉!"

周末集市

今天是周六。

我坐在贝贝的自行车前筐里,感觉自己像在空中飞。

"你听!"乐乐说,她正骑车跟在我们后面。

她们路过一座厂棚,从里面传来许多母鸡咯咯的叫声。水泥砖墙上固定着一块牌子,上面写着:

前进农场
鸡蛋生产商：吕克和莱娅

厂棚里飘出一股让人恶心的气味。

双胞胎姐妹做了个鬼脸，骑得更快了。

她们来到村里，把自行车停在了集市边上的李子树下。

这里到处都是摊位：卖水果的、卖蔬菜的、卖肉的、卖奶酪的、卖鲜花的……

乐乐往我的脖子上拴了一根绳子。

拴牵引绳的猫？大家从来没见过这种事，纷纷回头看我，真是明星般的待遇！

双胞胎姐妹跟小蒂波打了个招呼。

"哎呀，你的东西都快卖完了吗？"

"是啊。我的绿色鸡蛋特别受欢迎,已经缺货了。有些顾客不得不去'前进农场'了。"他指着另一个摊位说道。

远处的一辆小卡车后面,三个男孩排成一列,像流水线作业似的不停地搬出成箱的鸡蛋,摆得十分整齐。

他们的摊位前已经排起了队,摊位边上还插着一面大旗,上面写着:

前进鸡蛋棒棒哒!

鸡蛋的价格非常便宜。旗子上写着:一打鸡蛋只卖3欧元!

"他们在跟你竞争呢。"贝贝叹了口气说。

"也不算是。他们的鸡蛋并不怎么样,

只是便宜而已!"

那三个男孩看出小蒂波在说他们和鸡蛋的事。

他们离开了摊位,走了过来。他们的爸爸妈妈(吕克和莱娅)留在摊位上卖鸡蛋。

离近了看,他们仨从头到脚都很像,显然是亲兄弟,只不过高矮不一样。无论高个、中等个,还是矮个都戴着同样的鸭舌帽,帽子上印着"前进农场"。

"蒂波,你好啊!"他们仨异口同声地说。

"你的……"个头最高的大哥起了个头。

"……生、生意做得……"个头中等的二哥接着说,他有点儿结巴。

"……怎么样啊?"个头最矮的三弟最后说。

三弟摘下了帽子，两个哥哥也赶紧跟他学。

"我说，你能不能……"三弟说。

"……跟我们介绍一下……"大哥犹豫了一下，指了指双胞胎姐妹。

"……这两位漂亮的女、女生啊？"二哥冲着她们俩露出了微笑。

"她们是乐乐和贝贝。这是我的同学，'前进三兄弟'。"

"什么三兄弟？"双胞胎姐妹异口同声地问。

"'前进三兄弟'——路易、卢卡、雷欧。"

他们当然不姓"前进"，这只是家庭农场的名字。

"那这只猫……"大哥和二哥指着我说。

"……叫什么？"三弟把话补完。

"这是我们的猫。"乐乐很骄傲地回答。

"他叫赫尔克里！"贝贝跟着说。

"你们……"

"……害、害怕……"

"……它跑了吗？"三弟雷欧指着我的

牵引绳问道。

"你们的农场不是把6000只母鸡都关在笼子里吗?"小蒂波反问他。

"你说是,那就是吧……"大哥路易低下了头。

"可我们那、那是……"二哥卢卡结结巴巴地说。

"……一家真正的公司呢!"雷欧得意洋洋地说。

"好啦,蒂波……"

"回、回、回……"

"……回见啦!"雷欧带着一脸假笑把话说完。

贝贝做了个鬼脸,她可不想和他们们"回见"了。

三个男孩转身走远了。他们仨简直就像从动画片里走出来的角色!

"他们全都是你的同班同学吗?"贝贝问。

"是啊。大哥路易留级了一年。二哥卢卡跟我同岁,都是11岁。至于最小的那个雷欧,他是最聪明的,所以他跳了一级。他们人还不错。"

就像路易刚才说的——你说是,那就是吧。不过,我可不这么觉得。照我看,他们仨礼貌得过了头,这背后一定有鬼!

母鸡不见了!

接下来的几天,热尔曼带着双胞胎姐妹和我去了莱塞吉、拉斯科和萨尔拉。

不过,我既不能去史前洞穴里看岩画,也不能进博物馆去参观,我只能在宾馆里睡大觉!

布鲁图斯该不会把瞌睡虫"传染"给我了吧?

我们回到农场，小蒂波正站在围栏里。

"乐乐、贝贝，你们能帮我再数一数母鸡吗？"

他在母鸡中间跑来跑去，挨个点数。

今天，他妈妈也在。她仔细检查着铁丝网。

我留在围栏外面，也在数着那些母鸡。

"28只！"乐乐肯定地说，"再加上一只公鸡。"

"28！"贝贝表示同意，"可是，鸡窝里一个鸡蛋都没有。"

小蒂波的眼里顿时涌满了泪水。

"聪聪和美美不见了！门一直都上着锁呢，我真不明白……"

他妈妈把他带到铁丝网的一个角落，这

是靠近树林的一边。

"你看,这有个洞。我记得你说过把它堵上了呀。"

"又有一个洞?!那只该死的狐狸又回来了。它吃掉了所有的鸡蛋,还抓走了两只母鸡!"

"啊!看来确实是这样……"

他妈妈指了指几根沾血的羽毛。

小蒂波目瞪口呆地把羽毛捡了起来。

"应该是貂或者白鼬。"他妈妈说,"你的铁丝网围栏还不够坚固,还是先加固一下,然后再扩大场地吧。"

"你还打算养更多的母鸡吗?"乐乐惊讶地问。

"是啊。我们家有10万平方米的草场,

全都闲置着呢！我现在还太小了，没法耕种。"

小蒂波的妈妈带着一脸忧伤而疲惫的神情，转身走开了。

"这根橙色的羽毛是美美的。"小蒂波很肯定地说，"它是荷兰种的维尔萨莫母鸡，只有它拥有这种颜色的羽毛。"

"另一根羽毛更漂亮！"贝贝说。

"没错。不过，这不是母鸡的羽毛，应该是……雉鸡的羽毛！"

我同意。而且，雉鸡不会杀死母鸡。

他们刚走开，我就凑近了那个新出现的洞。我没有闻到白鼬或貂的气味。

狐狸？那就更没有了！

我又闻了闻一根染血的羽毛——它是白色的，被扔在地上，没人注意。

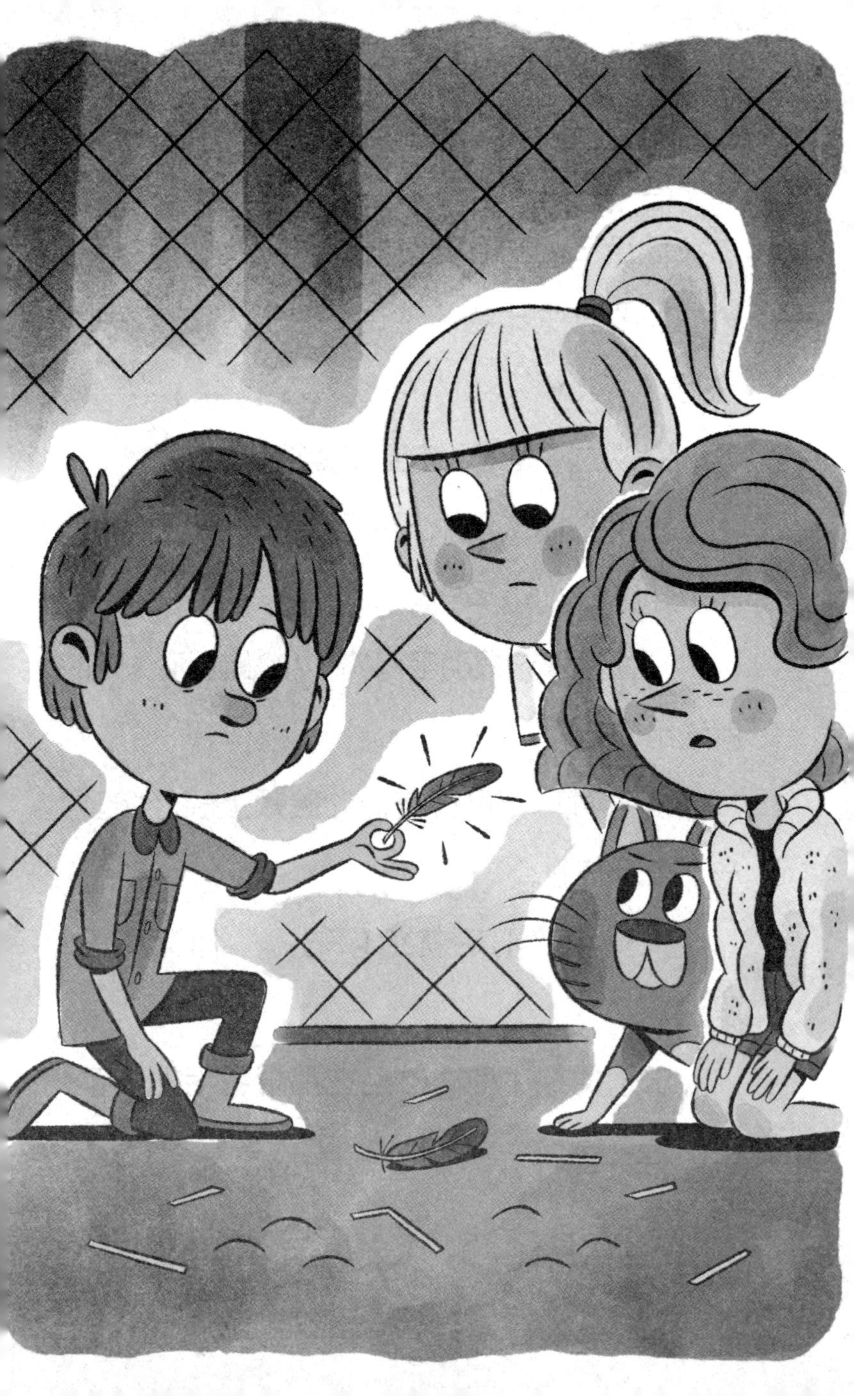

这些血迹闻起来像……油彩！这种诡计也太低级了吧！有人打算转移视线，嫁祸给树林里的野生动物。不过，这个人实在不太聪明。

警惕的"国王"走到了我跟前。

我小心地从那个洞钻了出去，跑回双胞胎姐妹身边。

"你喜欢这根羽毛吗？"小蒂波问，"那就送给你吧。"

"谢谢！"贝贝在他的脸颊上轻轻吻了一下表示感谢。

"美美的羽毛就给你吧。"他又对乐乐说。

乐乐拥抱了他，然后把那根羽毛插在了自己的金发上。

我气疯了，他们也太大意了！这些羽毛是偷鸡贼制造出来的假象，它们明明应该作为重要物证，而不是装饰品！

深入调查

双胞胎姐妹热爱烹饪。热尔曼很喜欢她们的这个爱好，因为他热爱美食。

这天下午，趁她们俩忙着做蛋糕，我溜了出来，准备去前进农场看看。那座厂棚散发着特别恶心的气味，我闭着眼睛都找得到！

我绕着它转了几圈，里面一直传出乱糟糟的鸡叫声。

突然，我一头撞上了……布鲁图斯？！

"赫尔克里，你怎么到这儿来了？"

"我在调查！你呢？"

"我也是。线索在那边，跟我来！"

我们来到这座大厂棚背后的角落里，这里有块铁皮被弄坏了。我透过缝隙往里看，尽管里面很黑，我还是隐约看到了噩梦般的场景！

这座厂棚简直是一座又闷又热的金属监狱！厂棚里摞着许多小笼子，笼子里的母鸡加起来有上千只！它们的翅膀都伸不开。

母鸡们紧张极了，它们互相攻击，互相推搡。

它们全都是白色的，看起来一模一样。它们只能从两根栏杆之间伸出脖子来吃喝。

在笼子下方，有一条铺了地毯的滑道，通向一条浅槽——这是用来收集鸡蛋的，里面足有数百个鸡蛋！

我没看到任何人。这里的一切都是机械自动化的。

"它们会生一年的蛋。"布鲁图斯对我说。

"然后呢？"

"然后，它们就被杀死了。"

我被这种恐怖的场面惊呆了，这简直就是一种折磨。这些受害者被判终生监禁，再加上终生生蛋。这太可怕了！

我没看到聪聪和美美。不过，既然有人抓走了它们，那肯定不是为了把它们关在这里。

突然,布鲁图斯用鼻子把我推到了更阴暗的角落里。

"别出声。有人来了。"

两个人走了过来。是农场的主人吗?应该是"前进三兄弟"的父母吧。

"小蒂波给我们带来了生意!"男人高兴地说。

55

"要想留住顾客,"他的妻子说,"咱们也应该生产绿色鸡蛋,就像小蒂波给咱们的那些一样。儿子们说得对,这些鸡蛋比咱们家的要好得多。"

"唉,可我们没有地方啊。再说,他家的母鸡品种也不一样。"

等他们走远了,我生气地对布鲁图斯说:"蒂波才没给过他们鸡蛋呢!那些鸡蛋是他们仨偷的!他们现在连母鸡都偷走了!"

"那咱们去找证据吧。"

布鲁图斯带着我离开了厂棚。

我们来到干草垛堆成的墙后面,这里藏着一个用铁丝网围起来的游乐场。场地中间有一个小木屋,木屋的牌子上写着:

三兄弟专用！

看来，这里是"前进三兄弟"的专属地盘。只不过，场地上既没有皮球，也没有球拍，只有……两只母鸡！

它们正像两个游魂似的跑来跑去。

其中一只母鸡的脖子上有一圈漂亮的橙色羽毛。

看到我们来了，它们俩立刻叫道：

"咯咯哒！"

我想，这叫声翻译过来就是：

"没错，就是我们！聪聪和美美！"

深夜行动的小偷

怎样才能揭发真相呢？我虽然能听懂人类的语言，但我并不会说人话啊。

要不要把双胞胎姐妹引到这儿来？太难了，而且这里是私人地方。

这天晚上，我决定自己好好想一想。于是，我离开热尔曼家，再次来到了小蒂波家的农场。

布鲁图斯睡得很熟,看来没法叫醒他了。我藏在一丛灌木底下,观察着小木屋的动静。

周围一片寂静。

唉,我来得太早了。我一直等到半夜,终于看到一个小小的身影溜到了橡树底下。我甚至还看到了一个笼子或者一个篮子。

突然,那道影子长高了。或许,那里不止有一个人,而是两个人?在月光下,那个黑影摇摇晃晃地往上长,悄无声息地落在了小木屋顶上。

过了片刻,鸡窝里的母鸡惊惶失措地咯咯乱叫起来。看来,那个不速之客肯定已经进去了。

又过了一会儿,黑影再次出现,他把

什么东西扔过了铁丝网围栏。1个、2个、3个……

我的听力非常敏锐。我听见很轻的噗噜声，还听见有人在黑暗中小声说："笨蛋！蠢死了！在这边，你们快过来。"

到底有几个人？唉，周围实在太黑了，我没法判断他们的人数。突然，我听见一阵发疯似的鸡叫声。

"咯咯！咯咯！咯咯！"

我听不太懂母鸡的语言，不过，这句话听起来很像是"救命啊！"。

啪嗒！啪嗒！

被抓走的母鸡绝望地拍打着翅膀。它肯定被那个小偷抓在手里，带上屋顶，现在马上就要被带出围栏了……

"咯咯咯！咯咯咯！"

真是难以置信！这只母鸡居然真的飞起来了！它越过围栏，落在地上。我看不见它了。有个声音小声说："没事！我们抓住它了！回来吧！"

这些骚乱总算把布鲁图斯吵醒了，他跑了过来。

"哎,赫尔克里,出什么事了?"

"我回头再跟你解释。你待在这儿别动!"

逃走的小偷飞快地冲进了树林里。

没问题。我能跟上他们。

他们突然溜进了一丛灌木里。我吓了一跳,赶紧站在原地不动。3秒钟以后,他们又从里面冲了出来。

糟了!他们是骑车来的!

我瞧见两个人像旋风一样冲上了大路。我刚要去追,第三个人就骑着车从后面跟了过来。我赶紧往旁边一闪,否则他肯定从我的身上轧过去了!

跟上他们?不可能了,他们已经消失不见了。

不过，我能猜到他们要去哪儿……

没过多久，我已经来到了"前进农场"。到处都安安静静的。

我来到那个游乐场。月亮从云层后面露出了脸。

那群小偷就坐在场地里，周围还有2只母鸡……

不对，是3只。

他们一边热火朝天地讨论着什么，一边生吃着手里的鸡蛋。

"太棒了！"大哥路易说。

"真、真、真好吃！"二哥卢卡说。

"比咱们家的鸡蛋强多了！"三弟雷欧总结说。

"要是做成煎蛋卷……"

"……肯定跟爸爸妈妈每天给咱、咱们做的……"

"……大大地不一样!"

也是,在他们这个农场,菜单上除了烤鸡和炒蛋,应该也没有太多新鲜菜式了。

发现真相

第二天出门散步的时候,乐乐把我放在了她的自行车前筐里。

贝贝跟在她后面。

她们俩都把小蒂波送的羽毛插在了头发上。两个骑车的印第安姑娘!太有意思了!

我们穿过树林,骑上了通往村子的路。我们正巧经过了"前进农场"的养鸡厂棚。机不可失，失不再来！

我从车筐里跳了出来，落到了路边的沟里。

"赫尔克里！"乐乐大叫起来，"你疯了吗？"

"快回来！"贝贝对我发出命令。

她们俩又惊讶又担心，不得不停了下来。

我跑到厂棚旁边，喵喵地叫了起来。

一直叫个不停。

"他又不听话！"乐乐生气地说。

"不对。照我看，他是想让咱们跟上去。"

太好了！还是贝贝懂我！

她们跑过来，我把她们带到了那道裂缝跟前。

乐乐闭上一只眼睛，凑上去往里看。

"真是太臭了……天哪，贝贝，快来看！"

贝贝也凑了过去。她立刻大叫起来："太恐怖了！怎么能这样养鸡呢！这种养殖应该被禁止！"

我再次跑开了，朝那些干草垛跑了过去。

乐乐立刻过来追我。但她很快就停住脚步，而且显得有些犹豫。

"赫尔克里要带我们去'前进农场'……到底是怎么回事？"

"不！"贝贝大声说，"他从旁边绕过去了……快点儿，咱们跟上！"

我的目的达到了——她们跟着我，来到了干草垛后面。

我们来到了那个游乐场。贝贝叫起来：
"这是'前进三兄弟'的地方！"

"没错。可他们的小木屋还没有蒂波盖的鸡窝好看呢。"

"咦，这里怎么也有母鸡？"

"还有3只呢！"乐乐说。

"太奇怪了。它们看起来不像是关在笼子里的母鸡。"

突然，我们身后传来了一阵匆忙的脚步声。

"乐乐、贝贝，你们好啊！你们能来……"

"……看我们……真、真是……"

"……太好了！"

哎呀，我没想到这三兄弟居然也在。

双方面对面地站着,像要准备打架似的。

"我们能跟你们……"

"……来、来、来一个……"

"……贴面礼吗?"

雷欧走近乐乐。乐乐稍微低下头,跟他进行贴面礼。

这时,她头发上插着的羽毛掉在了地上。贝贝把它捡了起来,指着里面的一只母鸡说:"真是难以置信!你这根羽毛跟那只母鸡脖子上的羽毛颜色一模一样。"

"可不是嘛。"路易说着,他的脸涨得通红。

"这是因、因、因为……"卢卡一边结结巴巴地说,一边低下头盯着自己的球鞋。

"……这种颜色的母鸡是很常见的!"

雷欧很肯定地说。

瞎说！只有一些荷兰种的维尔萨莫母鸡才有这种颜色的羽毛。

这三个人打算欺骗双胞胎姐妹吗？

他们仨异口同声地坚持让她们留下来。

"那可不行。"贝贝说，"我们只是路过这里。再见啦！"

她们跑回各自的自行车旁边。

我跳进了乐乐的前车筐。

"你怎么想？"乐乐问。

"我觉得，赫尔克里刚刚指认了几个偷鸡贼……"

虽然我并没有用来"指认"的手指，只有4只爪子，但我还是偷偷地笑了起来。

"'前进三兄弟'就是偷鸡贼！"贝贝

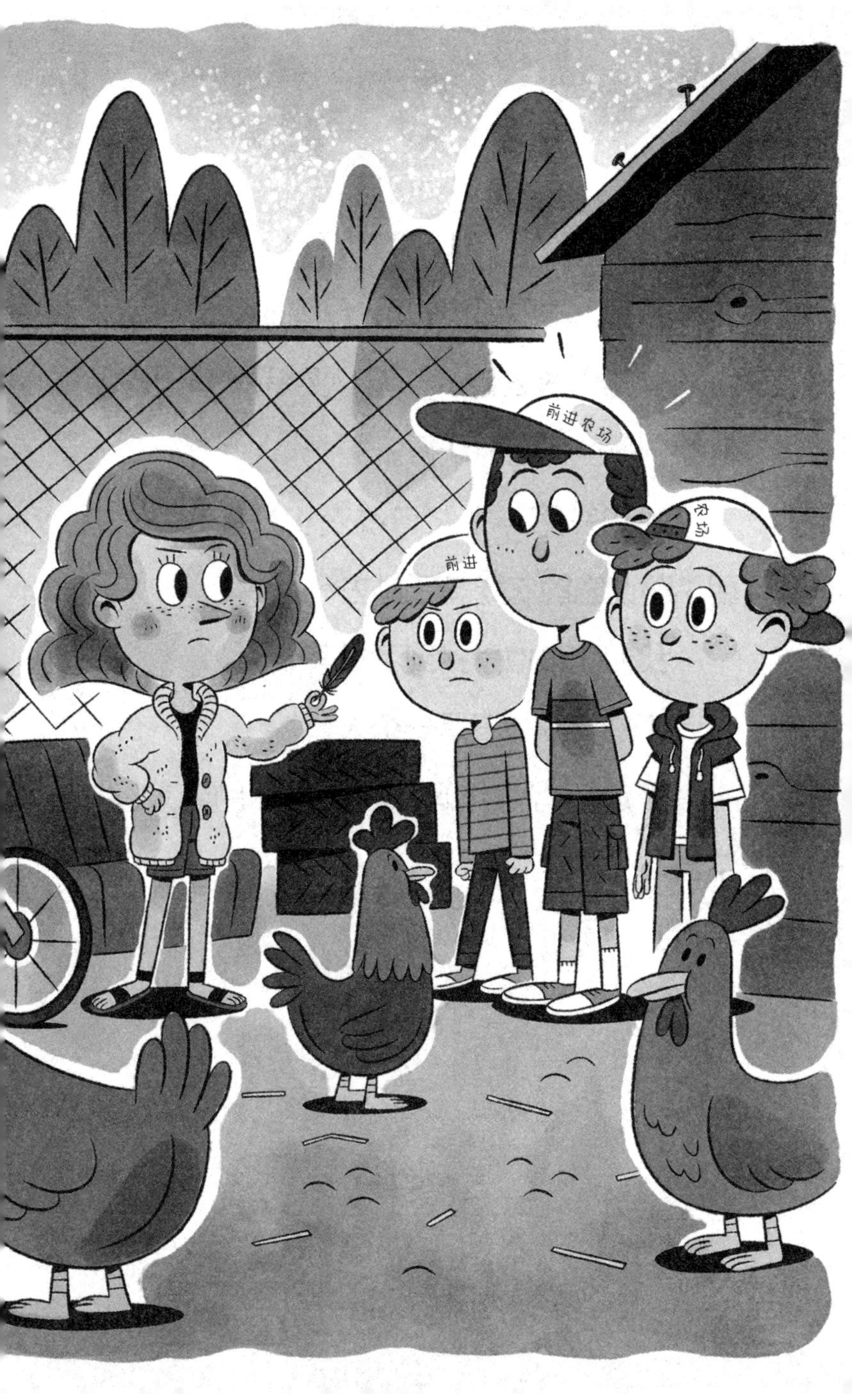

前进农场
前进
农场

接着说。

"没错。他们养的所有母鸡都是白色的，藏在小木屋那边的3只母鸡却不是！"

"咱们快去告诉蒂波！要是那3只母鸡是他的，那他肯定能认得。"

她们在第一个路口改变了方向，飞快地朝小蒂波家的农场骑了过去。

我们在菜地里找到了小蒂波。

不过，他并不是一个人。

旁边还有他妈妈，以及退休的老警察热尔曼。

被逮住的三兄弟

双胞胎姐妹说明了她们的发现和内心的怀疑。

"算了吧,"小蒂波的妈妈叹了口气说,"没有任何证据能够证明那几只母鸡是我们的啊!"

"要想弄明白,"热尔曼认真地说,"就必须亲自去看一看。"

"我先去看看!"小蒂波说,"我最多15分钟就回来!"

"小心点儿。"贝贝对他说,"你可以骑我的自行车过去!"

过了15分钟,小蒂波回来了。他气喘吁吁,但显然非常高兴。

"就是它们!是聪聪、美美和嘟嘟!"

"你怎么能确定呢?"热尔曼问。

"因为它们戴着脚环!我一一确认过了。'前进三兄弟'居然没想到要把脚环摘下来。"

"热尔曼,"乐乐说,"你应该把你的同事们叫来!"

"就为了3个偷鸡的小毛贼吗?"

老警察看起来并不同意。他仔细想了

想,对大家说:"咱们打他们一个措手不及吧。蒂波,按你的说法,他们总是夜里行动,对吗?嗯,下次他们再来,就会被当场逮住了。乐乐、贝贝,你们同意吗?"

没人想到我。我明明也应该算作抓小偷的一份子啊!

这天晚上,大橡树旁边埋伏了许多人。我们6个藏在灌木丛后面,仔细地观察着周围的动静。

热尔曼小声对双胞胎姐妹说:"咱们等到半夜,要是还没人来,你们就先回去睡觉吧!"

我们还得等很久呢,太阳才刚下山不久,母鸡们也才刚睡觉。可是,布鲁图斯已经打起了呼噜。

他肯定是做梦了,因为他一边睡觉,一边嘟嘟囔囔说个不停。

小蒂波气呼呼地把他叫醒了。

"布鲁图斯,不许打呼噜!你会让我们全都暴露的!"

"喔喔——喔喔喔——"

突然,公鸡"国王"开始示警了。

看来,幸亏我们今天来得早!"前进三兄弟"已经一个跟着一个从树林里钻出来了。这回,天还没完全黑,他们的行动都被看得一清二楚。他们的动作很快,而且悄无声息。三个人来到橡树下,最高的路易给第二高的卢卡当梯子,卢卡再帮助最矮的雷欧爬上最低的一根树枝。

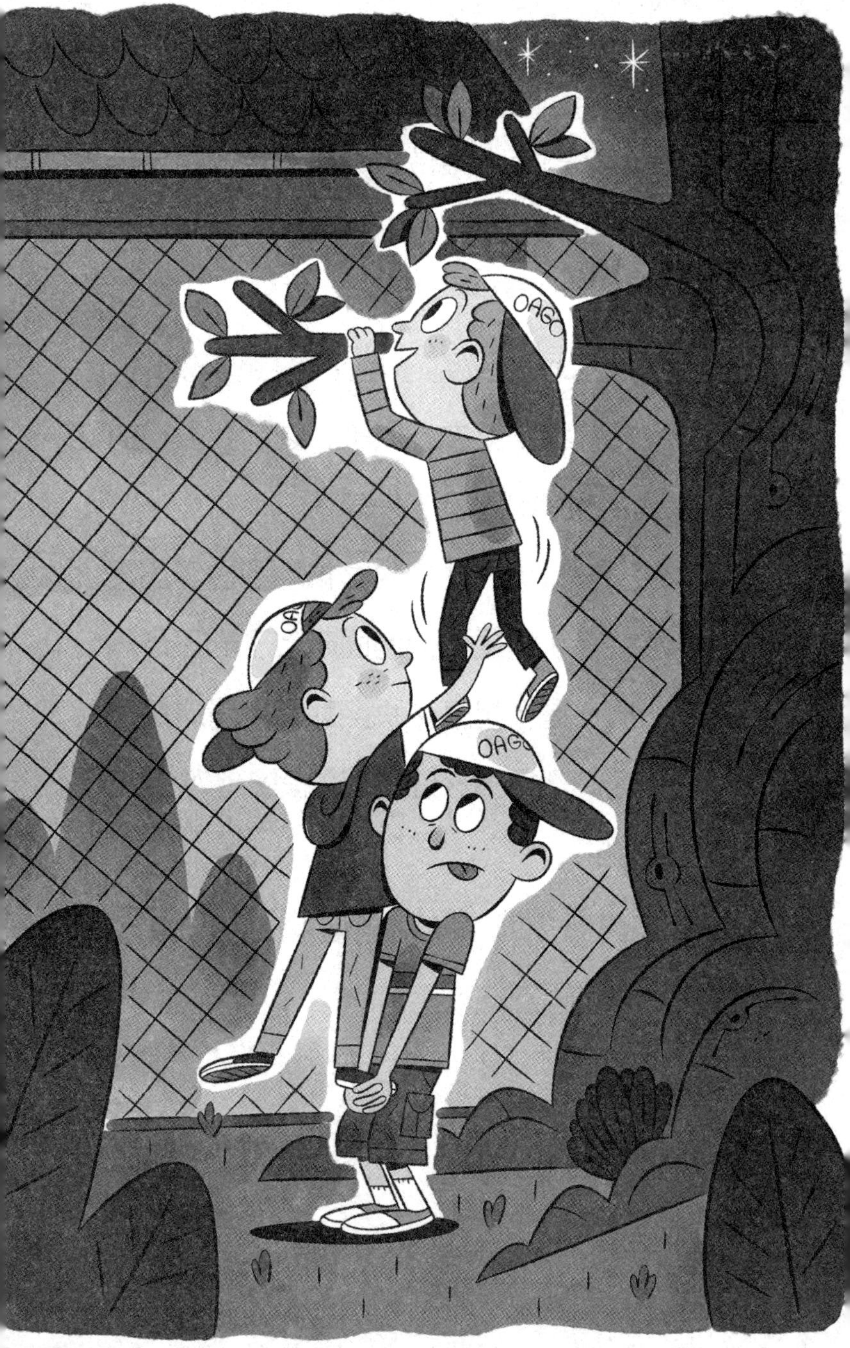
OAGO
OAGO

雷欧在树枝上站稳，然后像走钢丝一样，灵活地一直往前走，最后来到了小木屋的屋顶上。

　　他从另一边跳到了地上，我们看不见他了。我赶紧跟了上去。原来，之前我发现的鞋印就是最矮的雷欧留下来的！

　　过了一分钟，他匆匆忙忙地跑出了鸡窝，口袋里装满了鸡蛋！他迎面碰上了一只母鸡，就一把把它提了起来。我全都看得清清楚楚！

　　接着，他把疯狂拍打翅膀的母鸡扔过了铁丝网围栏。

　　他的两个哥哥赶紧跑过来，伸出手去抓鸡。

　　就在这时，另外两只手分别抓住了他们俩的衣领。

"等等，小毛贼，你们这回可被逮了个正着啊！"热尔曼说道。

于是，"前进三兄弟"不但没抓到母鸡，自己反而被当场抓住了。

"雷欧！"热尔曼冲着铁丝网围栏那边喊道，"把你口袋里的鸡蛋都放回去，然后再出来！要是你不小心摔倒了，可就浪费了那些好鸡蛋！"

个子最高的大哥路易呜呜哭了起来。

二哥卢卡也哭了起来。雷欧走过来，对小蒂波说："呃，蒂波，我们很嫉妒你。我们原本也很想……"

"……想要生产优质的黄色……"

"……不对，是绿、绿色鸡蛋！"二哥卢卡纠正说。

"……我们来偷你的母鸡……"

"……是想、想……"

"想说服我们的爸爸妈妈!"

"是真的!"路易拼命点头说,"我们原本还想转移你的注意力,让你……"

"……让你以、以为是、是……"

"黄鼠狼或者狐狸干的!"

"所以我们用铁锹挖了个洞。我们还捡了一根橙色的羽毛……"

"……往、往上、上面涂了……"

"涂了红颜料!"

这可不怎么聪明。

他们把整件事都解释了一遍。

可我早就把他们的小把戏猜得八九不离十了。

"我们的爸爸妈妈还不知道。我们是……是……呃,该怎么说呢?"

"背着他们干的?"乐乐说。

"对他们隐瞒了实情?"贝贝说,她总是能说出这种复杂的词语。

"就是这么回事儿!"雷欧承认说。

"好吧,现在该对他们坦白一切了。"热尔曼说,"我们一起去吧,希望他们还没睡觉。走吧,坏小子们!"

说实话,他们仨听起来好像也没那么坏。

于是,"前进三兄弟"骑着车走在最前面;热尔曼开着车,带着双胞胎姐妹和小蒂波;我一路小跑地跟在最后面。

真不公平!我才是查清整件事的英雄!

他们却把我彻底忘了!

说起来，布鲁图斯去哪儿了？呃，他又睡过去了。

根本没人想着要叫醒他！

神奇的结盟

我好不容易追上他们,热尔曼已经在敲门了。

"前进三兄弟"的父母非常热情地迎接了我们。

莱娅蹲下来抚摸我,吕克惊讶地说:"热尔曼?小蒂波?这么晚了,你们怎么来了?"

这对夫妻认识他们,而且好像还很喜欢他们。

"快请进!"莱娅说,"我刚泡了花草茶,你们谁想喝一点儿?"

"你们仨怎么也在?"吕克看到了自己的儿子们,惊讶地说,"我还以为你们已经上床睡觉了呢!"

"呃,说起来……"热尔曼摇了摇头说,"最近这些天,他们睡得都很晚啊……"

他不知道的是,这三兄弟有时候还起得特别早呢!

"他们睡得晚,是为了去偷别人家的鸡蛋和母鸡。"

老警察把三兄弟做的那些小偷小摸的事情简要地讲给了他们的父母。

吕克气得满脸通红，莱娅完全不相信。

犯了错的三兄弟羞愧地低下了头。

"好啦！"热尔曼态度温和地说，"这件事大致就是这样。我建议你们明天早上再跟他们仨好好问清楚。"

"路易、卢卡、雷欧，赶紧睡觉去！"他们的爸爸吕克命令道。

"前进三兄弟"低着头走了，吕克火冒三丈地大声说："为了惩罚他们，我要……我要……"

"你还是先冷静一下吧，吕克。"热尔曼说，"他们或许可以去小蒂波家的农场帮忙，类似于社区服务，或者公益劳动，这样就算是赔偿了。我跟双胞胎姐妹明天早上8点过去，你们同意吗？"

"我们真是太抱歉了,小蒂波!"莱娅结结巴巴地说,"你知道,我的儿子们……"

"嗯,我知道,他们不是什么坏人。"小蒂波点了点头说,"我很了解他们。要是不能跟他们做朋友,我也会很难过的。"

第二天早上,所有人首先来到了"前进农场"。"前进三兄弟"也到了,看他们的表情,我敢肯定他们仨昨晚都没睡好。

"蒂波家的绿色鸡蛋很不错。"吕克对莱娅说,"我们也应该改变生产方式了。"

"比如说,"莱娅点了点头,"少养一些母鸡,从笼养改成露天放养!"

"但是,就算这样,"吕克说,"咱们也需要很大一片草场呢!"

"草场吗?"小蒂波说,"我们家有,而且目前都闲置着呢。"

"你妈妈会把它们租给我们家吗?"莱娅问。

"当然可以!这样她也省事了。你和吕克可以给她打电话,跟她谈谈租地的事。"

"先别着急。"吕克说,"绿色养殖的事,我们一窍不通啊。"

"没关系。"小蒂波说,"我知道怎么弄!"

他转向三兄弟,一点儿也不记仇地对他们说:"我可以告诉你们,一点儿都不复杂。"

真是难以置信,受害者和施害者居然要结成同盟啦!

"真是皆大欢喜的和解,"热尔曼高兴

地说,"我可要好好喝杯咖啡庆祝一下!"

"好主意!我马上就去煮咖啡。"吕克说。

"我这就去给你妈妈打电话。"莱娅对小蒂波说。

大人们都走了,孩子们来到了那个游乐场。大哥路易没跟两个弟弟打招呼,直接把那块写着"三兄弟专用"的牌子拽了下来。卢卡对我们说:"欢迎你们!你们随时都可以来玩!"

这一次,他一点儿都没有结巴。

那3只母鸡并没有为我们的到来感到惊慌。

最漂亮的美美温柔地朝我们打了个招呼:

"咯咯哒——"

好吧,事到如今,我终于觉得母鸡好像也没有那么蠢了。

"乐乐，你要是喜欢羽毛……"个子最高的路易很不好意思地说道。

"……我们可以给你，还有贝贝，我们这儿有好多！"个子最矮的雷欧接着说。

那些羽毛都是白色的，完全没有什么特色。不过，双胞胎姐妹收到礼物总是特别开心。（或者，她们只是装得特别开心！）

"啊……我总算找到你了！"

瞧，布鲁图斯来了。这回，他终于睡醒了。

"赫尔克里，这儿怎么有这么多人啊？到底发生什么事儿了？"

"这可说来话长了。简而言之，你错过了一切。"

不远处，小蒂波正在跟"前进三兄弟"提建议："……还有，你们需要养一只公鸡。"

"一只公鸡?"路易问。

"可是,母鸡生、生、生蛋……不、不……"

"……不需要有公鸡呀!"

"的确是。"小蒂波点点头说。

贝贝也点点头,又调皮地眨了眨眼睛说:

"可是,只有养了公鸡……"

"……你们才会有更多的小鸡呀!"乐乐笑着帮她补充后半句话。

作者介绍

克里斯蒂安·格勒尼耶，1945年出生于法国巴黎，自从1990年起一直住在佩里戈尔省。

他已经创作了一百余部作品，其中包括《罗洁丝探案故事集》。当时，我们还不知道作者对猫咪有着特别的偏爱，也不知道这些探案故事的女主角罗洁丝已经做了妈妈，还生了一对双胞胎女儿。

看来，赫尔克里——一只具有神奇探案天赋的猫，带着他的两个小主人（乐乐和贝贝）一起去探案，也不是什么值得大惊小怪的事情啦！

插图作者介绍

欧若拉·达芒，1981年出生于法国的博韦镇。

她2003年毕业于巴黎戈布兰影视学院，此后在多部动画电影中担任人物设计和艺术总监。她曾经为许多儿童绘本编写文字或绘制插图，同时在儿童读物出版行业中工作。

她与自己最忠实的支持者——她的丈夫朱利安和她的猫富兰克林一起生活在巴黎。